그래, 너도 꽃이다

송현정 시집

그래, 너도 꽃이다

저 자 | 송현정
발행자 | 오혜정
펴낸곳 | 글나무
          서울시 은평구 진관2로 12, 912호(메이플카운티2차)
전 화 | 02)2272-6006
등 록 | 1988년 9월 9일(제301-1988-095)

2022년 10월 1일 초판 인쇄 · 발행

ISBN 979-11-87716-68-6 03810

값 10,000원

그래, 너도 꽃이다

송현정 시집

먼 길을 돌아왔다
문단에 들어 선지 스물 몇 해
몇 채의 집을 지을 수 있는 시간들을
허비하고 쉽게도 가는 길을 가지 못하고
살아온 날이 길이 되는 즈음에야
힘겹게 지고 온 집에 문패를 단다
촘촘히 박혀 있는 모습이 부끄럽고 초라하지만
속앓이를 많이 했던 글
이제 세상에 흘리고 다닌
지문을 지우는 중이다.

차
례

송현정 시집

그래, 너도 꽃이다

차
례

송현정 시집

그
래
、
너
도
꽃
이
다

9

1부

나의 무늬

길은 멀었다

배롱나무꽃이
환장하게 피었다는
풍문을 듣고
늘 다니던 길 등지고 꽃길로 들었다
꽃향기 따라 걷다 보니
너무 멀리 온 길
돌아갈 길 아득하다

길 너머 길이 궁금해 무작정 나섰다가
오도 가도 못하는 난감한 지경에서
그냥 주저앉고 싶을 때

환하게 꽃등을 내건 배롱나무들
길 너머의 길을 넘본 죄로
돌아오는 길은 너무 멀었다.

길섶에 앉은 죄로

아침 산책길
물큰한 풀 비린내 깔려 있다

어제까지만 해도
풋풋하고 풍성한 풀들이
잡초라는 이름으로
길섶에 나앉은 죄목으로
날카로운 쇳소리의 비명을 묻었다

몇 날 그 몇 달
발길에 채이는 생을 닫기까지
잎 잎에 새겨진 마지막 열정은
끝내 못 피운 붉은빛이었으리.

강 입을 열다

세상이 수선스러워
가만가만 소리를 낮추었는데
장마를 앞세운 폭우는
폭을 넓히는 흙탕물의 질주로
강바닥을 모조리 뒤집어 버렸다

누군가 세상을 향해
삿대질을 해대던 울분과
가면 없는 세상을 꿈꾸는
원성의 촉들이 일제히 입을 열었다

저 강
얼마나 많은 말을 흘려보내야
말갛게 가라앉은 제 모습을 찾아
입을 닫을까.

부록

초록이 깃을 내려
낙엽으로 내린 길에
마침표를 찍는다

세상으로 스미는 것이
익숙하지 않은 날에
사선과 곡선의 잣대를
가늠하지 못해
겁 없이 뛰어들다 추락이 빚어낸
자음과 모음의 어설픈 문맥이
반백을 건너온 침침한 갈피에
빛바랜 페이지로 남아 있었네

하여
내 생이 허락한 여백에
유서 같은 부록을 쓴다.

사식

비가 부슬부슬 내리는 날
코로나 접촉자와
같은 공간에 있었다는 이유로
갇혀 있다는 젖은 목소리

시장도 갈 수 없어
냉장고를 파먹고 산다는
그녀의 문자를 받는 순간
떨리는 가슴을 진정시키며
마트로 달려가 몇 가지 물품과
집에 있는 반찬을 챙겨서 문 앞에 두고 왔다

무슨 천형의 벌도 아닌데
얼굴 한번 못 보고 발길을 돌려야 하는
기막힌 세상을 원망하며
사식 아닌 사식을 놔두고 돌아오는 길
빗물 같은 눈물이 발길에 묻힌다.

발 없는 말

한때 변두리 단독 주택에
둥지를 튼 적 있다
핸드폰이 잘 터지지 않는 그 집은
밖에 나가야만 통화가 됐는데

그럴 때마다
별명이 방송국이라는
이장 아줌마와 마주쳤는데
마치 부정한 여자를 보듯 야릇한 눈빛은
실체 없는 외문(外聞)들로 전파를 타고
불 지핀 사람의 존재조차 묘연한 채
아니 땐 굴뚝에 연기만 피워 냈었다

아직도 풀지 못한 그때의 일들은
풀지 못한 변방의 숙제로 남아
지금도 어딘가를 달리고 있을
발 없는 말

젖은 낙엽

늦가을 내린 비에
젖은 낙엽들

푸른 날의 혈기는
세상을 다 품을 듯
왕성했지만
역류할 수 없는 시간은
퇴색된 무늬로
앙상한 잎맥만 남겼을 뿐

아빠
이제 젖은 낙엽 되지 말고
엄마한테 잘하세요
아무렇지 않게 흘려들었던 말이
내 안에 젖어 들어
허물을 벗어 놓은 빈 가슴에
노을로 번져가는데

일흔의 바다

일흔의 날에 해돋이를 보러 갔다
새벽 바다를 벌겋게 물들이며
떠오르는 태양은
눈부시게 장엄하였다

강산이 수없이 몸을 바꾸는 동안
봉하지 못한 일흔의 날이
어디 봄날만 있었을까

비바람 몰아치는 사나운 날
방파제를 때리는 성난 파도는
나를 후려치는 세상의 채찍이었다

풍파와 격랑을 겪어온 나의 바다
지나온 날들은 모두가 꿈이었음을
햇살로 번져가는 잔잔한 물결에
일흔의 바다는 아름다웠다.

나의 무늬

세상은 내 것이라고
젊음도 내 편이라고
무작정 가슴을 폈던 날은
부질없이 지나갔고

빈 가슴을 채우던 날은
바람만 가득 찬 풍선이었다
한 생을 살아오는 동안
스치듯 마주치는 따뜻한 눈빛
안으로 품지 못하고

떠밀리듯 걸어온 공허한 길에
남겨진 발자국 눈앞에 어리는데
꽃 지운 잎맥 속에 새겨졌을
나의 무늬는

경첩 울다

나이를 알 수 없는 창고 문짝
덜컹대며 말썽을 부리더니
나이를 견디지 못하고서
결국엔 떨어져 버렸다

어긋난 마디마디
부대끼고 삐걱이며
얼마나 힘들었을까

아프다고 투정 부릴 때마다
파스 몇 장 윤활유 몇 방울로
달래고 혹사만 시켰으니
미안하다
비틀리고 휘어진 나의 경첩이여.

바람 들다

거처가 어딘지도 모를 바람이
몸속 어딘가에 둥지를 틀고
야금야금 구멍을 내고 있다

젊은 날
상처는 아름다웠지만
뒤돌아본 길들은 아찔한 비탈길에
바람과 맞섰던 아픔의 흔적뿐

깊어진 주름만큼 굳어진 뼛속에
오래된 무처럼 바람이 들었다.

공개 구혼

딸 집에서 온 소파 한 짝
자리를 많이 차지한다는 이유로
소박맞 듯 피신 온 지 몇 해
데려간다는 약조는
이런저런 연유로 만남은 늦어지고

남북의 이산가족도 만나는데
이제는 만나게 해주라고 사정도 해보지만
툭하면 애들 발길질에 채이고 찢기여
성한 곳 없는 몰골로
상봉한들 어울리기나 하겠냐는 핑계

혼수로 장만해준 것이라
차마 버리지도 못해
애물단지로 전락해 버린
저들의 인연은 어찌해야 좋은지
오늘도 우두커니 앉아 있는
말짱한 소파 하나

누구

데려갈 사람 없나요.

겨울 정선행

세상 매서운 기세 앞에
어디론가 숨고 싶은 날
바람 소리 깊은 정선 간다

오래 묵힌 덩어리 깊어지는 생각은
오봉댐 지나 목계리 수령 깊은 나무의
어색한 침묵을 깨우고
겨울 잎맥 같은 삽당령 구비를
흔들리고 흔들리다 어느 묵정밭에
놓지 못한 시름을 묻는다

도망치듯 빠져나온
여백의 시간은
아우라지 강변에 떨고 있는 갈대처럼
춥다.

이명

어느 날
물소리 바람 소리는
풀 먹인 옷깃에
사각거림을 데려왔고

안부를 묻지 못해
봉인해둔 그리움은
나뭇잎 소리로 왔다

귀가 얇은 탓에
말이란 말 죄다 주워들어
이석도 버거운데

꽃피어 푸른 날도
한참이나 지난 지금
아직 들어야 할 세상의 소리가 남아
수시로 타전하는 의문의 암호를
도무지 해독할 수가 없다.

가을

봄으로 피어나
치열했던 여름을 앓고
태풍에 시달리다 열매를 맺지 못한
그렇게 한 생을 살아가는 이파리들

누군들 살아오면서
아픈 삶이 없었을까

바람의 속도와
구름의 흐름을 모른 채
반백을 넘어온 문턱은
똑같은 하루가 없었 듯

내 속의 나를 숨기고
진액을 쏟아낸 후에야
허물로 드러나는 가을

초록

초록이
너무 짙어
벌레들도 피해버린
쓸쓸한 잎새 몇 장

살아온 날의 몫만큼
색을 내고 있다

뜨거운 날엔 몰랐던
저 빛깔
참 곱게도 물들어간다.

발 호강하다

여기저기 굳어져
티눈처럼 박혀 있는 상처들
깊어진 주름만큼 아픔들로 새겨진
삶의 흔적
명품 신발 한번 신겨준 적 없이
고생만 시켜온 발

발리 여행에서 최고의 마사지로
호강 한번 제대로 시켜 주었다.

2부

저문다는 것

풍경 소리

몸이 흔들릴 때마다
세상의 말들을
거침없이 쏟아 놓고
메아리로 돌아가는
소리보다 깊은 저 울림
소문의 진원도 모르는
무성했던 외문은 바람만 가득했다.

방류

바다 그리고 파도
그 너머엔
섬이 있고 산이 있다

작은 물들이 여울지며
강물이라는 이름으로 흘러
바다로 들기까지

깊고 먼 생을 서툴게 그렸던
꿈들과 아픔은
세상을 향해 소리치던
어미의 파도였고

제 물살에 취해 목청을 높인 것은
순리를 따라 흐르라는 훈계이었음을

이제는 매를 놓는다
바다는 너의 것이며
세상은 너의 몫이다.

풍장

늪지 옆 도로변에
바싹 마른 고사리 같은
지렁이 사체들

아직 숨이 붙어 있는 몇몇은
개미들에게 공양을 허락하며
마지막 보시를 하고 있다

어쩌다 무슨 연유로
길바닥에서 임종을 맞고 있는지
어둡고 축축한 이생이 싫어
또 다른 환생을 꿈꾸며
다비식도 없이 바람에 날리는

목어 날다

빛바랜 단청 아래
눈 한번 감지 못해
뜬눈으로 보는 세상

가끔은
푸른 물결 넘실대는 바다로 돌아가
늘씬한 지느러미 흐느적거리고 싶어
환속을 꿈꾼 것을 후회도 해보지만

어쩌다 청명한 날이면
풍경 소리 들으러 내려오는
낮달을 따라 날고 싶다.

저문다는 것은

유난히 비가 잦았던 여름
온몸이 비에 젖은 듯
고막에는 빗소리가 꽉 차서
언제 터지질 모르는 댐 같은데

코로나에 물난리까지
하루를 숙제하듯 사는 삶을 내려놓고 싶다

쥐고 갈 것보다
버리고 가야 할 것이 많은 세상
한 생이 저물어 가고 있다.

호박 줄기들의 반란

아침 햇살이 호박꽃 속에 앉아 있다

단독으로 이사 온 뒤
뒤란이 허전해 호박 몇 포기 심었다
깔끔한 주인의 손길로
질서가 유지되는 텃밭을
깔고 앉은 풀밭을 방패 삼아
낮은 포복으로 전진해 고지를 넘어
우람한 호두나무까지 포위하더니
호시탐탐 집안까지 기웃거리며
막무가내로 뻗어오는 호박 줄기는
오늘도 진행형이다.

장독이 있는 풍경

어머니가 쓰시던 장독을 몇 번의 이사를 거치면서
가보처럼 모시고 다닌 유물
베란다 한쪽을 개조해 만든 마루에 앉아
나이만큼의 위엄을 떨치며
익어가는 간장 된장 고추장

긴 날을 동거한 반려목과 꽃들
아직 이름을 불러주지 못해
주인의 눈치를 기다리는 다육이들

철 따라 피고 지는 꽃들의 향과
숙성된 장맛이 어우러지는
장독이 배경이 되는 베란다 카페

늙은 풍선

오랜만에 모인 가족들
썰물처럼 돌아간 뒤
식탁 밑에 웅크리고 있는
바람 빠진 풍선

할머니하고
부르는 것 같아 얼른 집어 드는데
아직 식지 않은 웃음소리가
물컹하게 느껴오며
또다시 새알 품듯 안아보고 싶은
이 할미를 어이 할꼬

예전에 내 어머니도
이런 마음이셨으리라
손주들이 두고 간 풍선처럼
만져보고 싶은 말랑말랑하던
어머니의 젖가슴

여름 메시지

초록을 풀어놓아
푸름의 낱장을 넘기는
폭서의 숲에다
천지간의 말을 풀어쓰는 매미

긴말 않으리
목 놓아 울었던 여름 한 장은
숲속에 봉인되었다.

이쁜 말

이제 한창 말문을 익히며
외갓집에 온 손녀
햇살 가득한 거실에 앉아
그림을 그리다

눈이 부신 듯
손으로 햇살을 가리며
쪼르르 달려와

할머니
저기 해가 많아요
해가 아주 많아요

해가 많다는 그 말

핑계 대는 날

일기예보에는
폭설이 내린다고 하는 저녁
눈이 되지 못한 비가
부슬부슬 내리고 있는데

코로나로 세상은 뒤숭숭하고
여기저기 들려오는 아프다는 소식에
외출도 삼가고 집안에만 있다 보니
매사가 무기력하고 무료하기만 한데
무엇을 해야겠다는 의욕도 없이
집안일까지 밀쳐놓으며 하는 말

옛날에도 나라에 역병이 돌 때는
아무것도 안 하는 거라는 어르신의 말씀
오늘 나는 그렇게 그렇게
핑계 아닌 핑계를 대는 날

하루

별일 없지
언제 하루 밥 먹으며 놀자
간절함이 묻어나오는
수화기 너머 목소리

기하학적 무늬를 좋아하며 자유분방한
그의 일상을 알기에
그 하루라는 말에 마음이 걸려
넘어지는 날은
종일토록 나를 잃는다

그저 평범한 내겐 그냥 하루지만
참 많이도 벼른
여러 날이었으리라.

레일바이크를 밀다

가을 햇살도 찰랑거리는 정선 구절리에서
레일바이크를 탔다
나비 같은 두 여인 뒤에 앉으니
네 사람 자리에 모자람을 눈치챈 바퀴가
얼마나 삐걱대는지

내리막에선 힘주지 않아도 잘 나가더니
아무리 구령을 모아봐도 헛발질뿐
앞으로 나가길 거부하는 막무가내 요지부동

그때서야 탑승자 세 사람 수령이
이백 년이 족히 넘는다는 사실에
미안함도 잠시 뒷사람들 따가운 눈총에
두 사람이 내려 달래듯 밀 수밖에는

어디 세상천지 관광지에서
바퀴를 미는 해프닝이라니
웃음 뒤에 스미는 서글픔
녹슨 몸과 늙음이 무슨 죄라고

환한 꽃나무 아래서

H 아파트 주차장 벚꽃 나무 아래
꽃잎을 잔뜩 뒤집어쓴 자동차들이
그림 같은 풍경이 되는
그 환한 꽃나무 아래서

마침 지나가다 보았다는 지인이
사진 한번 찍자며
잡아끄는 바람에
못 이기는 척 사진을 찍었다

이렇게나 이쁜 봄이 가고
또 다른 꽃이 핀다 해도
오늘 같은 꽃은 못 볼 거라며

한계목

한계령을 내려온 물이
이 골 저 골에서 만나 여울지며
강폭을 넓혀 온 남대천 하구

강이란 이름으로
바다의 품으로 들어가는 물살들
바다는 모래톱으로 바리케이드를 치고
안과 밖의 경계를 검문하며
동해와 합류 중이다

강 끝
바다의 시작
여기는 한계목

풍경 8

살아온 날이
길이 되는 즈음

내가
그렇게 흔들린 것이
삶의 일부이고
존재의 증거

살다 보면
모진 바람도
언젠가는 잦아질테니까

그때 꽃씨 하나 다시 심으리.

3부

꽃 진 자리

동지 무렵

한파주의보가 내려진 날
바람이 운다
몸이 아픈지
마음이 추운지

어둠 속에 덩그러니 남겨져
세상 깨우는 새벽을 향해
윙윙거리며 징징거리며
달려가며 운다

동지 무렵이다.

벙어리 풍경

여행길에 사 온 풍경을
대문 한쪽에 매달며
가화만사성을 빌었다

무심히 지나치던 어느 날
언제 떨어져 나갔는지
소리를 잃은 채 매달려 있는 풍경

중심이 없는 몸으로
바람 속을 어쩔 수 없이 흔들려야 했으니
통곡하고 싶다고
울어볼 날이 아니었기에
그녀는
오늘도 울지 못한다.

공짜는 없다

삼복 열대야에
창문을 죄다 열어 놓고 잤더니
잠결에 목이 아파 문을 닫는다

세상 참 공짜는 없다
시원한 바람 조금 줘 놓고
몸 일부를 달라는 게 아닌가

새벽잠 깨우는
새소리 매미 소리
그냥 들으면 좋으련만

저 소리
또 무얼 달라는 건지
슬그머니 문을 닫는다.

석등이 있는 집

정선 아리랑이
굽이마다 배어 있는 구절리길
고즈넉한 산사같이 석등이 있는
허름한 민박집
그 앞을 지나갈 때면
알 수 없는 경건함에 합장하게 되는

밤길이 아니어서
그 불빛 본 적 없지만
누군가는 석등에 불 밝히고
간절함 하나쯤 빌었으리라

깊고 먼 생을 건너오면서
몸보다 마음이 먼저
젖어오던 그날처럼
그곳에서 하룻밤 묵고 싶어라.

간월암

밀물과 썰물
바다였다가 육지로
파랑으로도 닿지 못해
때때로 몸을 바꾸는

분홍 빨강 색색의 연등이
누군가의 소원을 달고 기도를 하는
도량 앞 작은 연못
만월의 동전들 염불을 듣고

스님 기척은 들리지 않고
탑돌이 하는 파도만이 경을 외는
절이 섬이요 섬이 절인 그곳

가을 앞에서

긴 장마와 태풍 속에서
여름을 지독히 울어대던
풀벌레들 어디로 갔는지
조석으로 느끼는 서늘함이
무더위를 넘어온 가을이다

나 꽃피어 향기롭던
그 푸름 절정으로 치솟던 때
그만큼에서 품고 싶었던
열정도 삭인지 오래

남몰래 밀봉해 둔 못다 한 말은
계절 속에 넣어 두고
긴 날을 견뎌낸
푸석한 머리칼에
생의 한 획을 묻어 놓는다.

연둣빛 봄에

나른한 봄날
서랍 속을 정리하다
그 속에 잠들어 있는
빛바랜 사진 한 장

언제 어디였는지 잔디밭에 앉아서
어깨동무한 얼굴들이
반세기의 강을 건너고 있다

오직
싱그러움만으로 꿈을 펼치던
그날의 웃음소리
까르르 쏟아지는데

지금쯤
묵힌 것을 털어내고 있을
그 청춘들은 어디서
이 봄을 보내고 있을까.

꽃무덤

명주사 뜰
한 생을 마감한
벚꽃들 무더기로 누워 있다

이대로 묻히지 않으리라
부도전을 탑돌이로 돌아보지만
끝내
회오리로 다시 돌아와
법당 앞 동종 아래 무덤을 썼구나.

모노골 이야기

봄이 온다는 소문을
지피지 않았는데도
모노길은 온통 꽃 몸살을 앓으며
사방에 초록을 풀어놓는다

향교로 넘어가는 길목
꽃등 환하게 걸어 놓은 오동나무
연보라 꽃잎들 살며시 깔아 놓는다

내게도 있었던 꽃 피던 날은
아득한 옛일이라고
추억 한 자락 펼쳐 놓는 오솔길
온통 싱그러운 향기로
가득하다.

봉숭아 기억

꽃 빛도 야윈
여름 한철을

피고 지고
졌다가 다시 피며
제 몸 열어 파열하는
꽃 주머니들

그 꽃잎 찧어
손톱에 올려놓고
주름진 세월 풀어
가만가만 동여매면

덩달아 물이 드는
내 첫사랑

십이월

꽃들은
제모습을 바꾸기 싫어
그냥 지고 만다는데

지난여름
달맞이꽃 놀다간 자리
철 지난 코스모스

무슨 연 그리 깊어
떠나지를 못하고
앙상하게 매달려 있는가.

벚꽃 피다

4월 남대천
분홍의 꽃망울들
서로를 부르는 환호와 화답 속에
일제히 꽃등을 달고
사열 중이다

수령 깊은 나무마다
올망졸망 매달린 어린 꽃잎들
바람 속에 부대낄라
안으로 속으로 밀어 넣으며
우람한 그림자를 딛고
흐드러지게 피었다.

꽃 진 자리 2

꽃샘추위와
잎샘추위를 견디면서도
꽃망울 터트리는 뜰 앞의 꽃들

신록으로 치솟던 여름을
묵묵히 보낸 꽃들을 뽑아버리려니
내가 뽑히듯 아프다
늙어도 꽃인데

이제는
꽃필 바람도 꽃 질 비도
오지 않을 꽃의 전설이
툭툭 떨어지는 마른 잎의 몸짓

떨어진 자리마다 박혀 있는 옹이들
다시 봄이 오는 그날
수만 꽃송이의 답신을 기다리는
부디 꽃 진 자리 밟지 마세요
아프답니다.

꽃의 호상

계절 끝에서
문상도 곡도 없이
장례를 치르는 꽃들

그 곁을 지키느라
조문하듯 고개 숙인
해쓱한 나뭇가지들

흐트러짐 없이
한생을 닫으니 호상입니다.

너도 꽃

앞뜰
화단의 잡초들
어느새 꽃이 피었다

숨은 그림 찾아내듯
뽑아내고 골라내도
막무가내로 앉아
배시시 웃고 있는 너를
차마 외면하지 못해
선심 쓰며 붙여진 이름

그래,
너도 꽃이다.

쑥부쟁이

눈빛 맑아지는 가을엔
코스모스처럼 살랑거려
몸짓은 가벼워졌는데

산길에서 만난 눈부신 햇살에
푸름이 빠져나간 너를 보며
불현듯 아쉬움이 앞선다

가을바람에 꽃들도
서둘러 저물고 있는데
꺼질 듯 꺼진 듯 꽃등을 켜고
비탈길을 밝히는 너

꽃씨

제 생을 다한 풀들이
시들어가는 밭두렁 가

노랗게 피고 지던
씀바귀꽃

살아온 날의 쓴맛들은
속으로 갈무리하며

오직
씨앗만을 품고 있는
저 모정을 보라.

4부

유년의 그림

유월 동백

어쩌라구요

비바람 눈보라를
홀로 피고 지며
아픔 삭인 옹이를

지나간 날은
꽃술로 접었는데
이제 와
나더러 꽃을 피우라니요

어쩌라구요.

물봉선

그토록 뜨거웠던
여름 길섶을 지키며
바람 꽉 찬 풍향계 같은
꽃송이를 매달고

나 여기 있노라고
신호를 보낸다

지나간 날들이지만
그때 그렸던 그날의 그림은
희미하게 지워져 가는데
그 사람들
지금 어디에 있을까.

적요를 깨우며

입추이건만
물러서지 않는 여름

새벽 다섯 시
산뜻한 바람 안으며
샘터로 가는 길

풀벌레들 일제히
가을을 노래하는데

밤새 안부를 묻는 사람들과
물 한 모금으로
적요를 깨우는 아침

동백 26

바람 소리도 숨죽인 한낮
송이송이 불 밝힌 꽃등들

밤새 담아둔 애틋한 말들은
꽃으로 피어나 무심히 지는데

그 사랑 얼마나 깊었길래
한으로 깊어진 지독한 그리움은
붉은 문신을 남기고

분꽃

저녁 무렵
아파트 화단에 피어 있는
분꽃에선 어머니 냄새가 난다

애야
분꽃 피였다
저녁밥 안쳐라 하시던

유독
어머니가 보고 싶은 저녁

유년의 그림

미루나무 길게 누운 개울둑
어머니가 빨아 널은 속적삼이 눈부신 날
햇살로 그리던 유년의 밑그림엔
한 올 그림자도 얼씬거리지 않았지

땀에 젖은 치마폭 어머니 무늬를
물살 깊은 여울에 헹궈 내면
시름 대신 꽃잎이 떠내려가던 개울가
미쳐 그려 내지 못한 그 세월은
어느 강으로 흘러들고 있을까

까만 씨 물고 있는 분꽃 웃음소리가
땅거미 설핏한 마당을 기웃거리며
어머니 살 내음 일렁이게 해놓고
그리다 만 밑그림에 덧칠하던 여름

채 마르지 않은 그때 내 그림이
질척이는 무게를 아직도 짊어지고
숨 가쁘게 개울둑을 오르고 있지만

지금도 저물녘이면 창가에 아른거리는

그 개울물 소리

어느 날을 사색함

책장을 정리하다
무심코 펼쳐진 책갈피 속에
나이를 알 수 없는
꽃 한 송이 누워 있다

순리를 거역한 세월
원망의 빛이 되어

언제 어디서였는지 기억조차 희미한
내 속에 너를 가두어 두고
까맣게 잊고 산 죄

생으로 꺾이던 죽음의 찰나
향기롭던 꿈 송두리째 접고
갈피에 무덤을 쓰고 있는 너를
이제야 깨운다.

강 끝엔 그리움이 지천이었다

강이 풀리던 날
강물은 겨우내 참았던 울음들을
강바닥에 풀어놓고 쩡쩡 갈라지는
얼음장을 핑계 삼아 통곡을 하고 있다

아무도 들어 주지 않은 서러움들을
물밑에 가라앉히는 동안
소리 내어 울지 못한 울음들을
저리도 서럽게 풀어내고 있다

해빙의 강 끝에선
그리움들이
지천으로 흐르고 있었다.

밥을 먹으며

자식들 제 둥지로 떠나보내고
노년의 부부 마주 앉아 밥을 먹는다

늙어진 입맛을 투정 부리며
차려 놓은 반찬이 열두어 가지
그러다 손도 안 댄 음식에
미안하고 죄스러운 마음

살면서 선택받지 못해
좌절하던 내 모습 같아
푸르던 날 그날들이 그리워져
애꿎은 젓가락질은
뚝배기에 된장찌개만 휘젓고 있다.

젓갈을 담그며

바다 밑을 제집처럼 누비며
해삼이며 전복을 따며
전생이 용왕의 딸이었노라
자부하며 보내온 택배 속엔
바다가 통째로 끌려 왔다

손질할 줄 모르는 나를 배려해
한입으로 먹게끔 소분해 보내 준
그의 손끝에선 미역 냄새가 난다

멍게의 상큼한 향에
파도 한 자락 갈매기 소리 버무려
젓갈을 담는다.

낮달

구름 한 점 없는
가을 하늘에
비스듬히 걸려 있는 얼레빗

하얀 모시 적삼에
가만가만 발소리도 고우시던
언제나 정갈하셨던 내 어머니

성묘조차 오지 않는
무심한 막내딸 보고 싶어
낮달로 오시었네.

봄눈 겨울비

눈도 비도 되지 못해
겨울로 봄으로도 가지 못하고
찔끔대는 봄날

나무에 얹히지도
쌓이지도 못하는
소리 없는 저 고요!

돌아가기 싫다고
차마 말하지 못하는
저 투정
살며시 왔다가 슬쩍 남기고 가는
봄눈 겨울비

동면

아파트 담장 아래
추운 듯 몸을 기댄
복슬복슬 강아지풀

어릴 적 몰래
마실 갔다 돌아와
신발을 감추려 내려다본
대청마루 아래

옹기종기 누워 있던
누렁이 새끼들
동면에 들었다.

오래된 등잔

늦저녁
심지를 돋우며
아버지를 기다리던
어머니의 가물거리는 불빛

책이 귀하던 시절
어쩌다 빌려 보는 책 속에 빠져
날 새는 줄 모르다
불 끄라는 아버지의 호통에
책으로 가리던 등잔불

그때
까맣게 타버린
심지의 끄름 냄새가
아물거리는데

지금이라도 불을 붙이면
환하게 켜질 듯한
오래된 등잔

버팀목

버섯을 받치고 섰던 나무 기둥들
살이 터져 여기저기 쓰러져 있다
버팀목이 된다는 것은
제 한 목숨 던지는 것인데

버팀목이 눈꽃보다 아름다운 것은
꽃 피는 봄을 그리는
기다림이겠지만

나 언제
누구에게 버팀이 된 적 있었을까.

구절리 가는 길

왕산지나 대기리 넘으면
끊길 듯 이어지고 막힐 듯 열리는
터널 속으로 흡입되는 전율에
도취 되어 가는 길

길 끝에서 길이 나와
또다시 이어지는
굽이굽이 아홉 구비

그 길 빠져나오면
아우라지 강물에 여울지는
아 라 리 구절들

시간 속에 발효되고 농익은
詩라는 화두(話頭)

권 정 남(시인)

시간 속에 발효되고
농익은 詩라는 화두(話頭)

권 정 남(시인)

　글을 쓰는 일은 자기 발견임과 동시에 자아를 찾아가는 일이다. 또한 창조적 일상을 열어가는 생산적인 작업일 수도 있다. 모든 예술이 다 그렇겠지만 창작을 한다는 것은 고뇌가 따르기 마련이다. 오랜 시간 동안 산고를 치른 후 분신 같은 작품이 탄생되면 영혼의 구원을 얻은 듯 카타르시스를 경험하게 된다.

　워즈워스는 "시란 강력한 감정이 자연스럽게 흐르는 것이다. 그것은 고요한 가운데 회상되는 감정에서부터 솟아난다."라고 했다. 그렇듯이 창작하는 일이 때론 바다에 돌 던지기 같은 막막함일 수도 있지만 몰입의 경지에서 오는 희열감 때문에 계속 글을 쓰게 된다.

　시인은 1997년 한국문인협회 양양지부를 창설하여 초대 회장으로 《양양문학》이라는 나무를 심기 위해 첫 삽을 떴다. 그동안 지역 문학의 성장과 활성화를 위해 수고를 해왔으며 일 년 뒤인 1998년 송현정 시인은 문예지 《문학시대》

로 한국 문단에 입문했다.

나와 개인적인 만남은 1900년대 중반쯤이다. 박명자 시인과 함께 양양에 가서 송현정 시인을 만났다. 처음 만났지만 오래전부터 교류한 문우이듯 문학과 시에 관한 얘기로 시간 가는 줄 몰랐었다. 가끔 셋이 만나 작품 얘기도 하자고 하며 해 질 무렵 쯤 우리는 헤어졌던 것 같다. 그 후 속초 설악문우회 〈갈뫼〉 회원으로 송 시인이 입회를 하고부터 자주 만나는 사이가 되었다. 그날 처음 만났던 인연 때문에 월례회 때마다 송현정 시인을 만나면 따뜻하고 정겹게 느껴지곤 했다.

송현정 시인이 오랜 세월 동안 창작한 잘 발효되고 농익은 詩들을 모은 첫 시집 『그래, 너도 꽃이다』 출간을 축하드리는 바이다.

1. 길 위에서 만나는 자아(自我)

배롱나무꽃이

환장하게 피었다는

풍문을 듣고

늘 다니던 길 등지고 꽃길로 들었다

꽃향기 따라 걷다 보니

너무 멀리 온 길

돌아갈 길 아득하다

길 너머 길이 궁금해 무작정 나섰다가

오도 가도 못하는 난감한 지경에서

그냥 주저앉고 싶을 때

환하게 꽃등을 내건 배롱나무들

길 너머의 길을 넘본 죄로

돌아오는 길은 너무 멀었다.

—「길은 멀었다」 전문

잡초라는 이름으로

길섶에 나앉은 죄목으로

날카로운 쇳소리의 비명을 묻었다

몇 날 그 몇 달

발길에 채이는 생을 닫기까지

잎 잎에 새겨진 마지막 열정은

끝내 못 피운 붉은빛이었으리

—「길섶에 앉은 죄로」 부분

송현정 시인한테 시 창작, 즉 시의 길은 삶에 있어 화두(話頭)라는 걸 생각하게 한다. 시인은 늘 다니던 시의 길을 외면한 채 배롱나무 꽃향기에 홀려 먼 길을 수년 동안 떠나 있었다. '길 너머 길이 궁금해 무작정 나섰다가 / 오도 가도 못하는 난감한 지경에서 / 그냥 주저앉고 싶을 때' 길 너머 그 길은 소중한 배롱꽃 향기 나는 아름다운 길이었다. 하지만 그 길은 어머니와 할머니로서 도리와 역할을 해야만 하는 바쁜 현실 속 길이었다.

꽃향기에 취하듯 수년 동안 시를 떠난 채 오로지 맡은 역할에만 충실해 왔다. 수년 뒤 詩의 길로 다시 돌아오기엔 너무 멀리 와버린 길 앞에서 詩를 포기하고 주저앉고 싶은 난감한 지경에 이른다. 현실(現實)의 길과 이상(理想)의 길에서 오는 괴리감 때문에 시인은 많은 날들을 갈등한다. 그 후 꺼지지 않는 불씨 같은 시를 붙잡고 열심히 창작하여 등단 24년 만에 시인은 첫 시집을 출간한다.

시인은 아침 산책길에서 길섶에 나 앉아 있는 풀 냄새 나는 잡초가 낫에 베이는 쇳소리와 비명소리에 흠칫 놀라 자신을 돌아본다.(「길섶에 앉은 죄로」) 그러다가 "발길에 채이는 생을 닫기까지" 잡초의 "잎 잎에 새겨진 마지막 열정" 앞에 끝내 자신을 꽃피우지 못한 소외된 잡초의 붉은 빛을 보게 된다. 시인은 그런 잡초의 모습에서 자신의 모습을 발견한다. 시인의 마음속에 불씨처럼 타오르며 웃자라고 있는 핏빛 시의 씨앗을 보며 동질감을 느끼게 된다. 그러면서 잡힐 듯 잡히지 않는 詩 앞에서 갈등하고 있는 내면의 절규를 감지한다. 시인은 잡초의 붉은 빛과 자신의 내면이 한 빛깔임을 느끼며 일체감을 갖게 된다.

초록이 깃을 내려

낙엽으로 내린 길에

마침표를 찍는다

세상으로 스미는 것이
익숙하지 않은 날에
사선과 곡선의 잣대를
가늠하지 못해
겁 없이 뛰어들다 추락이 빚어낸
자음과 모음의 어설픈 문맥이
반백을 건너온 침침한 갈피에
빛바랜 페이지로 남아 있었네

하여
내 생이 허락한 여백에
유서 같은 부록을 쓴다.

─「부록」 전문

한 생을 살아오는 동안
스치듯 마주치는 따뜻한 눈빛
안으로 품지 못하고

떠밀리듯 걸어온 공허한 길에
남겨진 발자국 눈앞에 어리는데
꽃 지운 잎맥 속에 새겨졌을
나의 무늬는

─「나의 무늬」 부분

시 「부록」에서 초록이 깃을 내려 낙엽이 되어 마침표로 찍는 길 위에서 시인은 시적 자아(自我)를 만나며 버릇처럼 갈등이 시작된다. 연애하듯 "겁 없이 뛰어들다가 추락이 빚어낸" 시 앞에서 돌아와 "어설픈 문맥" "빛바랜 페이지" 앞에서 시인은 망연자실한다. 하지만 여기서 포기할 수 없다는 듯 생이 허락하는 한 삶의 남은 여백에 유서 같은 시를 부록처럼 쓰고자 자신과 맹세한다. 늦었을 때가 가장 빠르듯이 시인은 반백을 건너온 침침한 시의 갈피 마다 자화상을 그려놓듯이 시 창작에 몰입하고 있다.

「나의 무늬」에서는 "젊음도 내 편이라 여기며 / 무작정 가슴을 폈던 날들은 / 부질없이 지나갔고"라고 썼다. "한 생을 산다는 것이 바람만 가득 찬 풍선이었다."라고 하며 시인은 떠밀리듯 살아온 삶의 공허한 길 위에 자신을 돌아본다. 중년이 지나 노년으로 접어든 나이에 눈앞에 남겨진 발자국을 보며 시인은 "꽃 지운 잎맥 속에 새겨졌을 / 나의 무늬", 즉 꽃이 지운 잎맥 속의 무늬들이 본인이 갈망하던 시의 무늬였고 자신의 무늬였음을 생각한다.

「길은 멀었다」, 「길섶에 앉은 죄로」, 「부록」, 「나의 무늬」 네 편의 시에서 길이 등장한다. 운명 같은 그 길 위에서 송현정 시인은 멍에 같은 시(詩)라는 화두(話頭)를 꽉 붙잡고 있는 자신의 처절한 자화상을 만나게 된다. 「길은 멀었다」에서의 길은 비록 배롱 꽃향기 그윽한 길을 걷지만 내면의 길인 시의 길을 갈급해 하며 자신을 반추하는 길로 해석된다. 「길섶에 앉은 죄로」에서는 아침 산책길에서 만나는 잡초

의 붉은 빛에서 자신과 동질감을 느낀다. 「부록」에서 초록
이 깃을 내려 낙엽으로 마침표를 찍는 현실의 길 위에서 시
인은 붉은 빛 자아를 만나게 된다. 「나의 무늬」에서 역시 떠
밀리듯 살아온 허망하고도 추상적인 길을 묘사했으며 꽃
지는 잎맥 속 무늬를 통하여 진솔한 시인의 원래 모습을 보
게 된다.

2. 존재의 확인과 정체성 찾기

> 나이를 알 수 없는 창고 문짝
> 덜컹대며 말썽을 부리더니
> 나이를 견디지 못하고서
> 결국엔 떨어져 버렸다
>
> 어긋난 마디마디
> 부대끼고 삐걱이며
> 얼마나 힘들었을까
>
> 아프다고 투정 부릴 때마다
> 파스 몇 장 윤활유 몇 방울로
> 달래고 혹사만 시켰으니
> 미안하다
> 비틀리고 휘어진 나의 경첩이여
>
> ─「경첩 울다」 전문

나이를 알 수 없는 창고 문짝의 오래된 경첩과 나이 들어 노화된 관절을 비유하여 쓴 시다. 은유법으로 표현한 경첩 즉 무릎 관절이 신선한 느낌으로 다가온다. 연골이 닳아서 나는 삐거덕 소리를 '경첩 울다'라고 표현한 제목이 절창이다. 「길은 멀었다」에서 시에 대한 갈증과 자아를 만나기 위한 정신적 고뇌를 시로 썼다면 「경첩 울다」에서는 일흔 해 동안 기계처럼 사용해온 무릎 관절의 견디기 힘든 통증을 청각적 이미지로 표현한 수작(秀作)이다. 시인은 세월 속에서 얻어진 육체적 고통을 통하여 현실 속 자신의 존재와 정체성을 재확인하게 된다. 오래된 창고 문 경첩과 무릎 통증을 일치시킨 발상이 경이롭다.

　　일흔의 날에 해돋이를 보러 갔다
　　새벽 바다를 벌겋게 물들이며
　　떠오르는 태양은
　　눈부시게 장엄하였다

　　강산이 수없이 몸을 바꾸는 동안
　　봉하지 못한 일흔의 날이
　　어디 봄날만 있었을까

　　비바람 몰아치는 사나운 날
　　방파제를 때리는 성난 파도는
　　나를 후려치는 세상의 채찍이었다

풍파와 격랑을 겪어온 나의 바다
지나온 날들은 모두가 꿈이었음을
햇살로 번져가는 잔잔한 물결에
일흔의 바다는 아름다웠다.

　　　　　　　　　　　—「일흔의 바다」 전문

버팀목이 된다는 것은
제 한 목숨 던지는 것인데

버팀목이 눈꽃보다 아름다운 것은
꽃 피는 봄을 그리는
기다림이겠지만

나 언제
누구에게 버팀이 된 적 있었을까.

　　　　　　　　　　　—「버팀목」 부분

　세월 앞에 장사가 없듯이 일흔의 나이가 되어 삶을 돌아
보니 봄날만 같았을까, 방파제를 때리는 성난 파도는 세상
의 채찍으로 보였다.(「일흔의 바다」) 시인은 풍파와 격랑을
겪었던 지난날의 바다를 꿈으로 받아들이며 아침 햇살로
번지는 일흔의 바다가 아름다웠다고 한다. 그렇게 지난 세
월을 돌아보며 시인은 삶의 아픔과 상처가 눈 녹듯이 녹아

서 용서가 되는 치유를 경험하며 자신의 존재와 정체성을 찾게 된다.

「버팀목」은 버섯을 받치고 있던 나무 기둥이 쓰러진 모습을 보고 쓴 시다. 한 생을 통해 누군가를 위해 버팀목이 된다는 것은 한목숨 던지는 일이라고 시인은 생각한다. 일흔의 세월 동안 아내로서 부모로서 또는 사회인으로 자신한테 주어진 역할에 충실하며 수많은 일 앞에 버팀목으로 살아오지 않았던가. "버팀목이 눈꽃보다 아름다운 것은 / 꽃 피는 봄을 그리는 / 기다림이겠지만 // 나 언제 / 누군가의 버팀이 된 적이 있었을까" 한목숨 던지듯 버팀목처럼 살아 온 송현정 시인의 모습은 아직도 현재 진행형이다. 한세월을 열심히 최선을 다해 이타적(利他的)으로 살아온 시인의 겸손한 삶 앞에 올곧은 품성과 사람 냄새 나는 삶을 엿보게 된다.

3. 말의 향기와 꽃의 향기에서 오는 이중주

- 말(言), 그리고 상처와 행복

살아가는 데 있어서 말은 필수 불가결하다. 공기가 없듯이 말이 없으면 하루도 살 수가 없다. 사람이 지닌 고유한 향기는 그 사람한테 뿜겨져 나온 말 한마디로 품격이 좌우되기도 한다. 사자성어에서 언위심성(言爲心聲)이란 말이 있다. 그건 마음의 소리를 의미하는 것이다. 그렇듯이 말 한마디로 천 냥 빚을 갚기도 하고 씻을 수 없는 상처를 주기도 하는 말의 이중주, 즉 선과 악이 깃든 무늬진 말 때문에 누군가에게는 비수가 되기도 하고 누군가에게는 꽃향기가 될 수도 있다는 뜻으로 해석이 된다.

그럴 때마다
별명이 방송국이라는
이장 아줌마와 마주쳤는데
마치 부정한 여자를 보듯 야릇한 눈빛은
실체 없는 외문(外聞)들로 전파를 타고
불 지핀 사람의 존재조차 묘연하고
아니 땐 굴뚝에 연기만 피워 냈었다

아직도 풀지 못한 그때의 일들은
풀지 못한 변방의 숙제로 남아
지금도 어딘가를 달리고 있을
발 없는 말
　　　　　　　　　　　　　　—「발 없는 말」 부분

귀가 얇은 탓에
말이란 말 죄다 주워들어
이석도 버거운데

꽃피어 푸른 날도
한참이나 지난 지금

아직 들어야 할 세상의 소리가 남아
수시로 타전하는 의문의 암호를
도무지 해독할 수가 없다.

—「이명」 부분

　시 「발 없는 말」과 「이명」에서 시인은 말의 혼돈 속에 갇혀 힘든 시간을 보낸 경험을 시로 표현했다. 시 「발 없는 말」에서는 근거도 없이 떠도는 말의 진상, 즉 밝혀지지도 않는 소문 때문에 힘들었던 체험을 되새김하듯 쓴 시다. 발 없는 말이 천 리 가듯이 그 소문이 여러 해가 지났지만 지금도 어딘가를 달리고 있을 진행 중이라고 시인은 말한다. 누구나 한 번쯤 겪어보았을 말 때문에 상처받은 얘기로 독자들에게 공감을 주는 시다.

　「이명」은 실제로 경험 한 말의 상처라기보다는 귀에서 나는 소리 이명(耳鳴)을 시로 썼다. "귀가 얇은 탓에 / 말이란 말 죄다 주워들어 / 이석보다 더 버겁다"고 했다. 또한 시인이 도무지 해독할 수 없는 귓속을 계속 파고드는 그 소리는 행복과 치유를 위한 소리라기보다는 이명이라는 질환에서 오는 정신적인 공해로 들린다.

아빠
이제 젖은 낙엽 되지 말고
엄마한테 잘하세요
아무렇지 않게 흘려들었던 말이

내 안에 젖어 들어
허물을 벗어 놓은 빈 가슴에
노을로 번져가는데

—「젖은 낙엽」 부분

손으로 햇살을 가리며
쪼르르 달려와

할머니
저기 해가 많아요
해가 아주 많아요

해가 많다는 그 말

—「이쁜 말」 부분

　사람들이 사용하는 말 중에 상처를 주는 비수 같은 말이 있는가 하면 꽃향기처럼 그윽한 말로 상대방을 배려해주고 용기와 희망을 주는 말이 있다. 시 「젖은 낙엽」에서 시인은 푸른 날의 혈기로 세상을 다 품을 듯하던 남편이 퇴색된 무늬이듯 앙상한 잎맥만 남긴 젖은 나뭇잎 같은 모습을 보이자 애잔해 한다. 함께 늙어가는 노부부의 측은지심이 가슴에 노을로 번져 간다. 서로를 격려해주는 따뜻한 말의 향기가 늙어가는 노년의 부부를 일으켜 세워 주는 삶의 훈기가 도는 시이다.

또한 시 「이쁜 말」에서는 손녀의 순진하고 티 없이 맑은 말이 눈부신 햇살이듯 할머니를 무한정 행복하게 해준다. 시인은 평생을 함께 살아온 남편을 위해 따뜻한 말로 손잡아주고 순수 무구한 손녀의 이쁜 말에서 행복을 느끼게 된다. 말에도 온도가 있듯이 세상을 다 얻은 듯한 힐링이다.

시 「발 없는 말」과 「이명」에 나타나는 말은 공해의 소리가 되어 삶을 힘들게 하지만 「젖은 낙엽」과 「이쁜 말」은 가족을 위한 배려와 행복을 전하는 말이 되어 삶의 있어 훈기를 돌게 한다. 누구나 한 번쯤 겪었을 상처와 행복을 주는 말의 이중주가 살아가는데 필요 불가결한 화두가 되어 시로 표현했음을 알 수가 있다.

- 꽃향기로 그리는 삶의 그림

송현정 시인은 꽃을 좋아한다. 꽃에 대한 시를 쓸 때는 온몸에 신명이 오르고 꽃에 관한 시를 읽는 독자도 함께 신명이 난다. 괴테가 "내가 시를 만든 것이 아니다. 시가 나를 만든 것이다."라고 말했듯이 송현정 시인은 꽃에 홀린 시인이다. 만개한 꽃을 보거나 생명을 잃고 떨어지는 꽃을 보면 시를 안 쓰고는 못 배긴다. 사계절 피고 지는 모든 꽃들이 시인한테 시의 화두(話頭)가 된다. 시집 제목이 『그래, 너도 꽃이다』이듯이 이번 시집에 꽃을 주재로 쓴 시가 15편이나 된다.

앞뜰

화단의 잡초들

어느새 꽃이 피었다

숨은 그림 찾아내듯

뽑아내고 골라내도

막무가내로 앉아

배시시 웃고 있는 너를

차마 외면하지 못해

선심 쓰며 붙여진 이름

그래,

너도 꽃이다.

—「너도 꽃」 전문

　화단에 잡초들이 피워 놓은 꽃을 보고 "배시시 웃고 있는 너를 / 차마 외면하지 못해 / 선심 쓰며 붙여진 이름 // 그래, / 너도 꽃이다"라고 시인은 선언한다. 사람들은 잡초를 귀찮아하고 뽑아내 버리지만 자신을 봐주길 기다리며 빳빳이 고개 들고 사람들을 쳐다본다. 마음이 여린 송 시인은 학명이 있고 이름이 알려진 꽃만 꽃이냐 "그래. 너도 꽃이다" 하고 잡초를 꽃으로 승격시켜준다. 「너도 꽃」 시에서 시인의 심성이 잘 나타나 있다. 세상의 모든 꽃들은 다 한결같은 모습이다. 비록 미세한 풀꽃이지만 차별하지 않고 배려하

려는 시인의 순수한 마음이 잘 나타나 있다.

그때 같이 그렸던 그날의 그림은
희미하게 지워져 가는데
그 사람들
지금 어디에 있을까.

—「물봉선」 부분

밤새 담아둔 애틋한 말들은
꽃으로 피어나 무심히 지는데

그 사랑 얼마나 깊었길래
한으로 깊어진 지독한 그리움은
붉은 문신을 남기고

—「동백 26」 부분

시 「물봉선」과 「동백 26」,은 향기와 빛깔로 당당히 자신
의 멋과 개성을 연출하며 여름 뜨락을 가득히 장식하고 있
는 꽃들의 주인공이다. 그 꽃들은 모두 붉은 빛으로 소박
한 듯하면서도 안으로는 뜨거운 정열을 품고 있다. 시인은
그런 꽃들을 바라보며 잊혀 지지 않는 사람을 그리워한다.
「물봉선」에서 "희미하게 지워져 가는데 / 그 사람들 / 지금
어디에 있을까"를 생각하고 「동백 26」에서도 "한으로 깊어
진 지독한 그리움은 / 붉은 문신을 남기고 / 그 사랑 얼마나

깊었 길래"라며 무수한 세월 앞에서 시인은 동백꽃과 감정
이입이 되어 그 사람을 그리워한다. 「물봉선」과 「동백 26」
에서는 잊지 못할 사랑을 추억하고 있다. 그리움과 사랑을
상징하는 붉은 빛 물봉선과 동백꽃을 의인화하였으며 불타
오르는 듯한 내면의 감성에서 시인은 카타르시스를 경험한
다.

계절 끝에서
문상도 곡도 없이
장례를 치르는 꽃들
〈중략〉

흐트러짐 없이
한생을 닫으니 호상입니다.

—「꽃의 호상」 부분

명주사 뜰
한 생을 마감한
벚꽃들 무더기로 누워 있다

이대로 묻히지 않으리라
부도전을 탑돌이로 돌아보지만
끝내
회오리로 다시 돌아와

법당 앞 동종 아래 무덤을 썼구나.

—「꽃무덤」 전문

책장을 정리하다
무심코 펼쳐진 책갈피 속에
나이를 알 수 없는
꽃 한 송이 누워 있다
〈중략〉

생으로 꺾이던 죽음의 찰나
향기롭던 꿈 송두리째 접고
갈피에 무덤을 쓰고 있는 너를
이제야 깨운다.

—「어느 날을 사색함」 부분

사람들은 모두 향기를 품고 빛깔과 색이 영롱한 살아 있는 꽃들을 좋아하고 사랑한다. 하지만 잎이 지고 떨어진 꽃들은 그 누구도 눈길조차 주지 않는다. 송현정 시인은 사람들이 눈길조차 주지 않는 생명 없는 꽃까지 깊은 애정을 주고 그윽이 바라보고 있다. 위에 제시한 생명을 저버린 세 편의 꽃들은 모두 그런 꽃들이다.

시 「꽃의 호상」에서 문상도 곡도 없이 장례를 치르는 꽃들에게 조문하듯 고개 숙인 해쓱한 나뭇가지들을 보고 호상이라며 정갈히 생을 닫는다고 표현했다. 꽃의 죽음을 호상이라고 한 역설적 표현이 절절이 와 닿는다. 「꽃무덤」에서는 생을 마감한 벚꽃들이 명주사 뜰에 누워 있다. 시인은 회오리로 돌아와 동종 아래 꽃 무덤으로 누워 있는 자리가 극락왕생을 예견한 자리로 표현한다. 무심히 스치며 지나고 마는 벚꽃들의 낙화를 세세히 관찰하며 쓴 시도 눈이 부시다.

시 「어느 날을 사색함」은 무심코 책갈피 끼워둔 나이를 알 수 없는 바짝 마른 꽃 한 송이를 보고 쓴 시다. 시인은 "내 속에 가두어두고 까맣게 잊고 산 죄 / 미안하고 미안하다 // 생으로 꺾이던 죽음의 찰나 / 향기롭던 꿈 송두리째 접고 / 갈피에 무덤을 쓰고 있는 너를 / 이제야 깨운다."라며 미라가 된 책갈피 속 부서질 듯한 마른 꽃을 보고 안타까워하는 시인의 선(善)한 마음이 잘 나타나 있다.

위에서 살펴봤듯이 시 「물봉선」과 「동백 26」, 「분꽃」은 한여름 향기와 붉은 빛깔로 정열을 품고 있는 생명력이 왕성한 살아 있는 꽃이지만, 「꽃의 호상」, 「꽃무덤」, 「어느 날을 사색함」 세 편의 시는 생명을 잃어버린 생의 저편에서 퇴색되거나 떨어진 꽃들이다. 시인은 살아 있는 꽃들의 눈부심을 예찬했다면 꽃 무덤에서 환생을 꿈꾸거나 책갈피에서 눈길조차 주지 않는 미라가 된 마른 꽃들을 시로 묘사하여 꽃들의 삶과 죽음의 이중주를 빛깔과 향기를 통해 시로 써서 주목을 끈다.

4. 정중동(靜中動), 사물에 숨결 불어 넣기

빛바랜 단청 아래

눈 한번 감지 못해

뜬눈으로 보는 세상

가끔은

푸른 물결 넘실대는 바다로 돌아가

늘씬한 지느러미 흐느적거리고 싶어

환속을 꿈꾼 것을 후회도 해보지만

어쩌다 청명한 날이면

풍경 소리 들으러 내려오는

낮달을 따라 날고 싶다.

—「목어 날다」 전문

몸이 흔들릴 때마다

세상의 말들을

거침없이 쏟아 놓고

메아리로 돌아가는

소리보다 깊은 저 울림

소문의 진원도 모르는

무성했던 외문은 바람만 가득했다.

—「풍경 소리」 전문

도랑 앞 작은 연못

만월의 동전들 염불을 듣고

스님 기척은 들리지 않고

탑돌이 하는 파도만이 경을 외는

절이 섬이요 섬이 절인 그곳

　　　　　　　　　　　　　　　—「간월암」 부분

　「목어 날다」와 「풍경 소리」, 「간월암」은 사찰을 배경으로
쓴 詩로 정중동(靜中動)의 의미를 품고 있다. 다시 말하면 고
요의 소리에 숨결을 불어 넣은 서정의 극치를 이룬 시들이
다. 시 「목어 날다」에서 시인은 사찰 추녀 끝에서 수행자처
럼 밤에도 뜬 눈으로 깨어 있는 목어의 모습을 주시한다. 나
무로 된 목어의 몸에 숨결을 불어 넣은 작품이다. 바다에 들
어가 지느러미 흐느적거리고 싶은, 그도 아니면 허공에서
낮달을 따라 부스러지게 날고 싶은 본능에 충실한 목어의
모습을 보게 된다. 그러면서 시인은 한 인간으로서 부처님
의 계율을 따르며 출가를 선택한 수행자의 고뇌를 본다. 멈
춘 듯 움직이는 정중동의 모습을 시각적 이미지로 그려낸
작품 중의 작품이다.

　「풍경 소리」에서 바람의 말을 쏟아 놓는 풍경 소리를 청
각적으로 묘사하다가 반전하여 소리 보다 깊은 고요의 극
치를 맛보게 한다. 이 시는 소리의 여운을 고요의 극치까지
끌어올린 시인의 역발상이 동중정(動中靜)의 성격을 띠고 있

어 경이롭다.

시 「간월암」은 충남 서산에 있는 암자로 밀물과 썰물 때 섬과 육지로 변하는 천혜의 자리에 위치하고 있다. "스님 기척은 들리지 않고 / 탑돌이 하는 파도가 경을 외는 / 절이 섬이요 섬이 절인 그곳" 사물을 의인화 시킨 마지막 연이 이 시에 있어 절정을 이루는 구절로 이쯤에서 독자들은 전율을 느끼게 된다. 절이 섬이고 섬이 절인 간월암(看月庵)에서 달을 보면 시인이 아니더라도 시를 쓰지 않고는 못 배기리라는 생각이 든다. "도량 앞 작은 연못엔 / 만월의 동전들이 염불을 듣고"라는 표현을 보면 송현정 시인은 고요를 소리로 전환하는 정중동(靜中動)의 감각을 소유한 시인이다.

등단 24년 만에 『그래, 너도 꽃이다』 첫 시집을 상재하는 송현정 시인께 다시 한번 축하와 함께 박수를 보낸다. 시인은 첫 시집 발간이 늦었다고 한다. 하지만 오랜 시간 속에 발효되고 농익은 은은한 향이 도는 시의 맛으로 독자들에게 다가가리라 믿는다. 시인은 긴 세월 동안 詩라는 화두(話頭)를 붙잡고 창작의 고뇌로 정진해왔다. 송현정 시인의 앞날에 문운이 가득하길 소망하며 또 다른 시작(始作)이 시작(詩作)을 위한 정진이 되길 기원해본다.